Moon Rope

A Peruvian
Folktale

Lois
Ehlert

Harcourt Brace Jovanovich, Publishers

Un lazo a la luna

Una leyenda
peruana

translated
into Spanish
by Amy Prince

San Diego   New York   London

Special thanks:
American Museum of Natural History, New York, New York;
Milwaukee Public Museum, Milwaukee, Wisconsin; Private col-
lections; The Art Institute of Chicago, Chicago, Illinois; Field
Museum of Natural History, Chicago, Illinois; Textile Museum,
Washington, D.C.

Library of Congress Cataloging-in-Publication Data
Ehlert, Lois.
Moon rope: a Peruvian folktale = Un lazo a la luna: una leyenda
peruana/Lois Ehlert; translated from the English by Amy
Prince. — 1st ed.
p.   cm.
English and Spanish.
Summary: An adaptation of the Peruvian folktale in which Fox and
Mole try to climb to the moon on a rope woven of grass.
ISBN 0-15-255343-6
[1. Folklore — Peru. 2. Moon — Folklore.] I. Title. II. Title: Un lazo a
la luna.
PZ8.1.E3Mo   1992
398.24′52′0985 — dc20   91-36438

Printed in Singapore

First edition

A B C D E

Moon Rope is an adaptation of a Peruvian tale called "The Fox
and the Mole," found in the Spanish collection *Leyendas y fá-
bulas peruanas* by Enriqueta Herrera Gray (Lima, Peru, 1945).
An English translation of this tale appears in *Latin American
Tales from the Pampas to the Pyramids of Mexico* by Genevieve
Barlow (Rand McNally & Co., 1966).

The illustrations in *Moon Rope* were inspired by ancient Peruvian textiles, jewelry, ceramic vessels, sculpture, and architec-
tural detail. Food and animals depicted on these objects include
squash, corn, and potatoes as well as the fox, snake, and feline
figures and various birds, including the condor. The idea for
the silvery color of the fox, rope, and moon came from a pre-
Columbian legend mentioned by André Emmerich in his book
*Sweat of the Sun and Tears of the Moon: Gold and Silver in Pre-
Columbian Art* (University of Washington Press, 1965). He
writes about the use of gold and silver, noting that these metals
were never used as a medium of exchange but instead for beau-
tiful objects. Believing that the metals had a divine origin, one
story related that gold was the sweat of the sun, and silver, the
tears of the moon.

Un lazo a la luna es la adaptación de una leyenda peruana lla-
mada "El Zorro y el Topo" que aparece en la colección española
Leyendas y fábulas peruanas de Enriqueta Herrera Gray
(Lima, Perú, 1945). La traducción al inglés aparece en *Latin
American Tales from the Pampas to the Pyramids of Mexico*
de Genevieve Barlow (Rand McNally & Co., 1966).

Las ilustraciones de *Un lazo a la luna* fueron inspiradas por
antiguos textiles, joyerías, vasos de cerámica, esculturas y de-
talles arquitectónicos peruanos. Las comidas y los animales re-
presentados en estos objetos incluyen calabazas, elotes y papas,
así como el zorro, la serpiente y figuras felinas, además de varias
aves, incluyendo al cóndor. La idea para el color plateado del
zorro, del lazo y de la luna viene de una leyenda precolombina
citada por André Emmerich en su libro *Sweat of the Sun and
Tears of the Moon: Gold and Silver in Pre-Columbian Art* (University of Washington Press, 1965). Allí describe el uso del oro
y de la plata, señalando que estos metales nunca fueron uti-
lizados como artículo de intercambio, sino como objetos de be-
lleza. En la creencia de que los metales eran de origen divino,
un relato hablaba de que el oro había sido el sudor del sol y la
plata las lágrimas de la luna.

Mole was taking a break from digging for worms when Fox came by.

"Mole," he said, "if you could have anything in the world, what would it be?"

El Topo descansaba después de escarbar en busca de gusanos cuando el Zorro llegó. —Topo, —dijo el Zorro—, si pudieras tener lo que más te gustara en el mundo, ¿qué cosa escogerías?

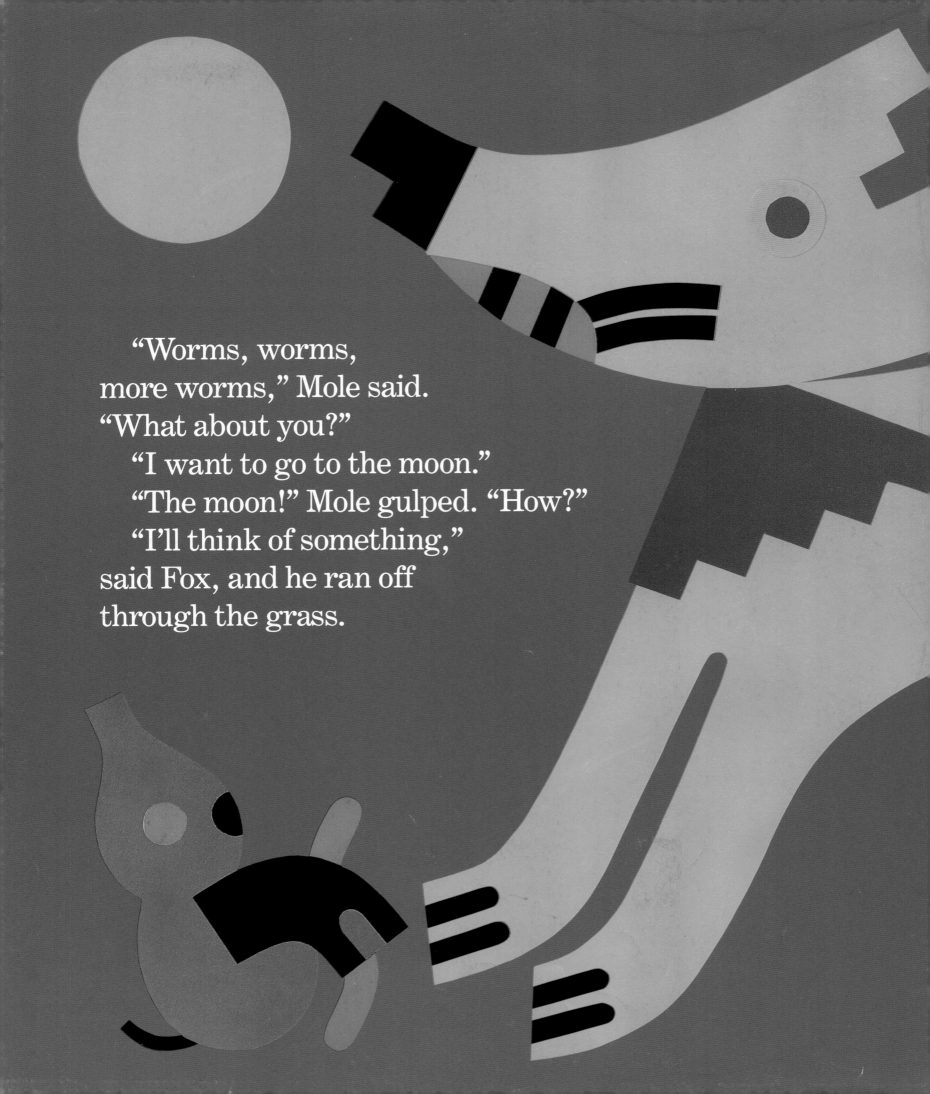

"Worms, worms,
more worms," Mole said.
"What about you?"
    "I want to go to the moon."
    "The moon!" Mole gulped. "How?"
    "I'll think of something,"
said Fox, and he ran off
through the grass.

—Gusanos, gusanos y más gusanos. —dijo el Topo—. Y a ti ¿qué te gustaría? —Yo quisiera ir a la luna. —¡A la luna! —dijo el Topo, sorprendido—. ¿Pero cómo? —Ya se me ocurrirá algo, —dijo el Zorro, y se marchó corriendo a través de la hierba.

Fox liked running through the grass. It tickled his fur, and that gave him an idea. Why not make a rope of grass? With a loop at one end, he could hitch it to the tip of the moon and climb up.

Al Zorro le gustaba correr por la hierba. El pasto le picaba el pelaje. Entonces, tuvo una idea. ¿Por qué no trenzar un lazo de hierba? Haciendo un nudo en el extremo, podría enlazarlo a un pico de la luna y subirse.

Fox ran back.

"Mole! I've got it!
Both of us can climb to
the moon on my rope."

Mole blinked. "Both of us?"

"There are big worms up there,"
said Fox. "Huge."
Mole's stomach growled. He'd go.

Y el Zorro regresó donde su amigo el Topo.
—¡Oye, Topo! ¡Ya sé como ir a la luna!
Los dos podríamos subirnos con mi lazo.
El Topo parpadeó. —¿Los dos?
—Allí hay muchos gusanos grandes,
—dijo el Zorro—. Unos enormes.
El estómago del Topo empezó a gruñir.
Iría también.

Mole and Fox braided grass into a long rope
and waited for a crescent moon to appear.
Then Fox twirled the rope high over his head.

El Topo y el Zorro
trenzaron la hierba
para hacer
un lazo largo
y esperaron hasta
que apareció
la luna creciente.
Entonces el Zorro
dio vueltas al lazo
por encima
de su cabeza.

Clunk!
It fell down and hit him right on the nose.
Fox growled; he was mad.

¡TRAS!
Se cayó el lazo y golpeó
al Zorro en la nariz.
El Zorro gruño;
estaba enojado.

"Maybe
the birds
would carry
our rope," said Mole.
But the birds didn't
want to go to the moon.
   "Just hitch this rope
to the tip," said Fox.
"We'll do the rest."

   —Quizás los pájaros nos podrían
llevar el lazo, —dijo el Topo.
Pero los pájaros no querían
ir a la luna.
   —Solo les pido que aten
el lazo a la punta,
   —les dijo el Zorro.
   —Nosotros haremos
lo demás.

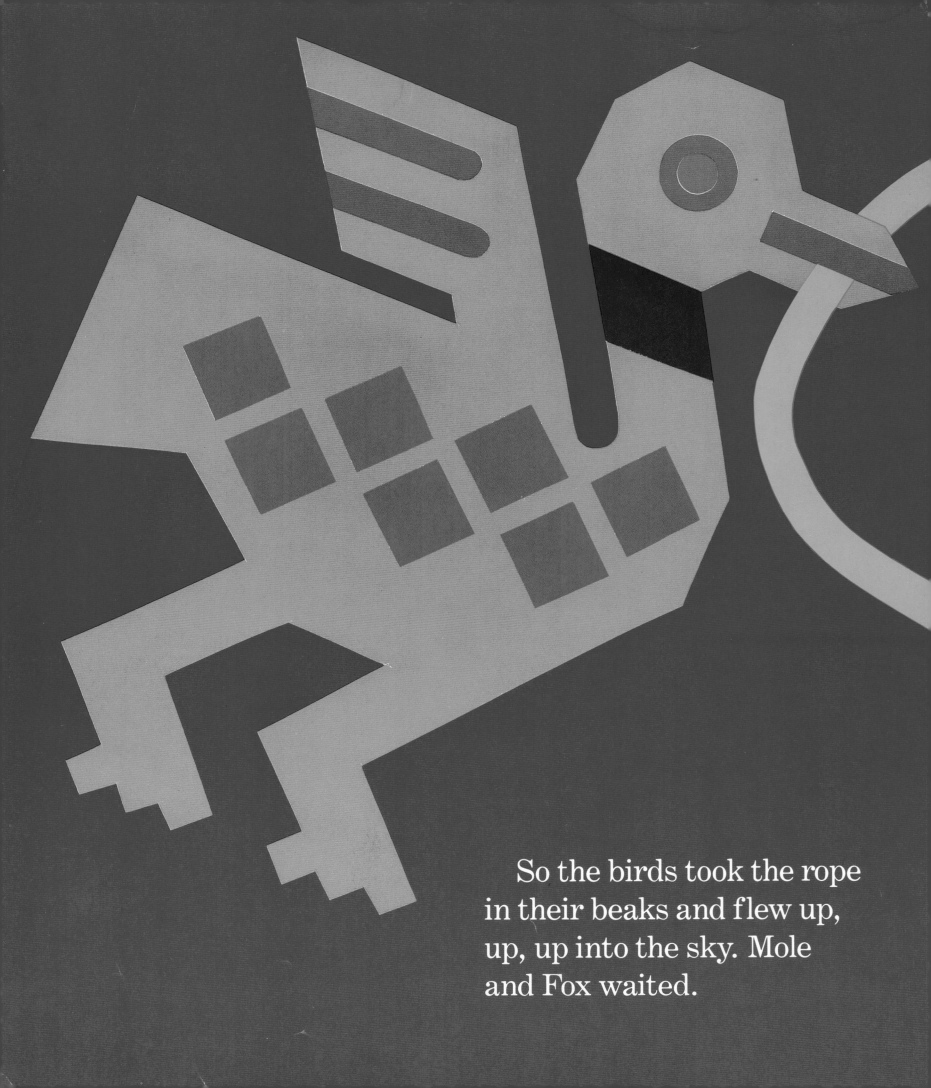

So the birds took the rope in their beaks and flew up, up, up into the sky. Mole and Fox waited.

Entonces los pájaros tomaron el lazo
con sus picos y volaron hacia arriba,
muy arriba, hasta el cielo. El Topo y
el Zorro se quedaron esperando abajo.

When they returned, the birds said,
"Your rope is ready." Fox started
climbing, paw over paw, eager
to be first on the moon.
Mole followed,
claw over claw.

Cuando regresaron los pájaros,
dijeron: — Ya está listo el lazo. —
El Zorro empezó a subir,
pata por pata, pues quería ser
el primero en llegar a la luna.
El Topo le siguió, garra por garra.

Fox kept his eyes on the moon. But not Mole. He kept glancing back to earth. Suddenly Mole's claws slipped. He fell through the air, down, down, down . . .

El Zorro no quitaba los ojos de la luna. Pero el Topo, sí. Echaba miradas hacia la tierra. De pronto se le soltaron las garras. Se cayó en el espacio, hacia abajo, hacia abajo, hacia abajo . . .

Ploomph!
Mole landed on a bird.
They had been following the
two climbers. Mole hung on
tightly as he was carried back
home. He hoped to land unnoticed.

¡PLUM!

El Topo cayó encima de un pájaro que había
seguido a los trepadores. Se agarró firmemente
mientras el pájaro lo llevaba de vuelta a la
tierra. Esperaba llegar desapercibido.

But all the creatures were watching. They laughed at Mole.

"Maybe you didn't slip," said Snake. "Maybe you let go on purpose so you could come back home."

Pero todos los animales lo estaban mirando. Se burlaban del Topo.

—Quizá no resbalaste, —dijo la Serpiente—. Quizás soltaste el lazo a propósito para poder regresar.

Mole was upset by all the fuss. He ran away and dug a deep tunnel. He stayed there for a long, long time.

El Topo se enfadó por todo este jaleo. Se fue corriendo y escarbó un túnel muy profundo. Y allí se quedó por mucho tiempo.

To this day Mole prefers to come out after dark, moving quietly in the moonlight, avoiding the other creatures. And he never ever listens to a fox.

Hasta la fecha el Topo prefiere no salir antes del anochecer, y anda a la luz de la luna sin hacer ruido, evitando a los demás animales. Y jamás presta atención a los zorros.

But what about Fox?
Did he make it to the moon?
The birds say that on a clear night they can see
him in the full moon, looking down on earth.
Mole says he hasn't seen him.
Have you?

¿Y el Zorro?
¿Llegaría a la luna?
Dicen los pájaros que en las noches claras lo pueden
ver en la luna llena, mirando hacia la tierra.
El Topo dice que no lo ha visto.
¿Y tú lo has visto?